U0074799

閱讀123

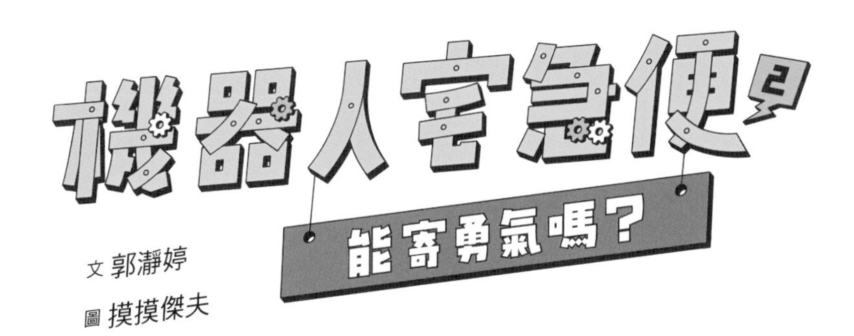

文 郭瀞婷
圖 摸摸傑夫

目錄

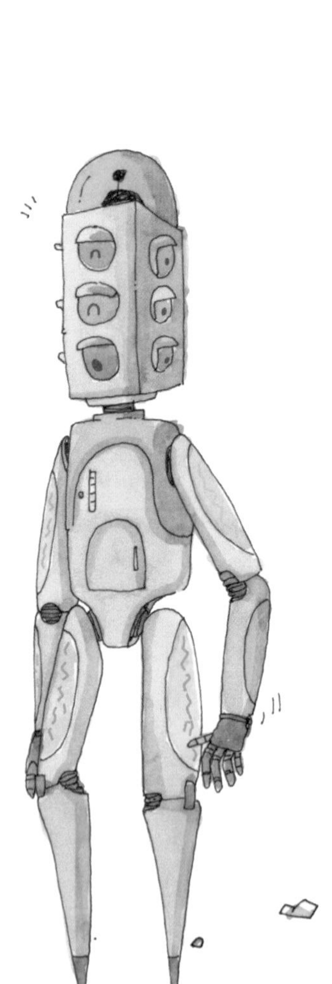

1 機器人檢查員來了！

今天是個令人緊張發抖的大日子！

芭拉不停的在店裡走來走去，比利不停的在屋頂上敲敲打打，地上全都是掉下來的小石頭。

「比利，別再敲了，地上都是石頭！」芭拉急忙用馬桶疏通器吸著石頭，但沒什麼用。

自從被大鼻孔老闆踢出店以後，比利和芭拉合開了一間宅急便，叫做「什麼都可以寄宅急便」。最近，這家宅急便在鎮上造成小小轟動，因為飄浮在空中的新聞頭條刊登了關於他們的報導，鎮上現在到處都是比利和芭拉的照片。

至於為什麼今天這麼令人緊張呢？因為機器人工廠要派檢查員來，確認他們在人類世界做的生意，有沒有符合規定。

叮咚！門開了。

「你好，OK繃！」芭拉拉開嗓門，跑到一臺機器人面前。OK繃已經來過什麼都可以寄宅急便幾次了，不過前幾次都只是來拍照再拿回去給工廠看而已。

這臺機器人檢查員的外型是洗衣機，那是好久以前人類用來洗衣服的機器。他的身體左側貼著一張撕不掉的OK繃。

「OK，我必須說，你們這家店還真令我跌破了小眼鏡……」他四處檢查。

「你的眼鏡破了？趕快拿過來，我幫你修一修，順便幫你換一對眼睛，以後就不需要眼鏡了。」愛修東西的比利迫不及待要幫忙。

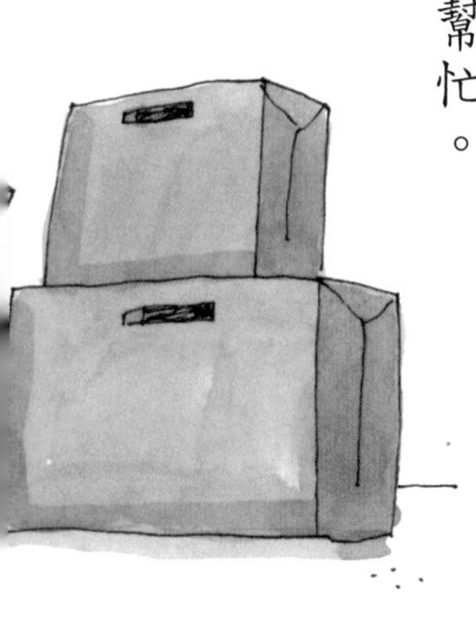

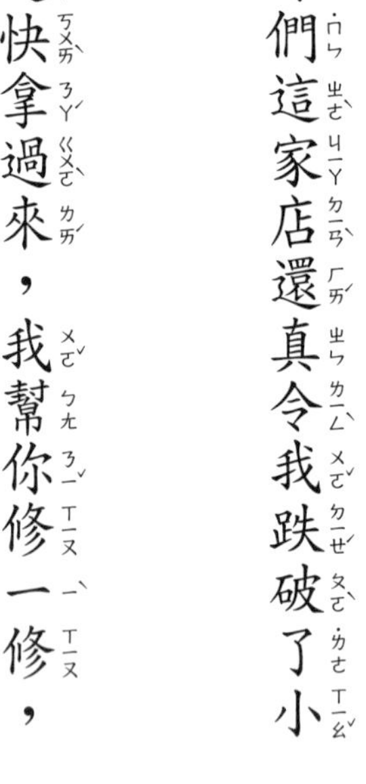

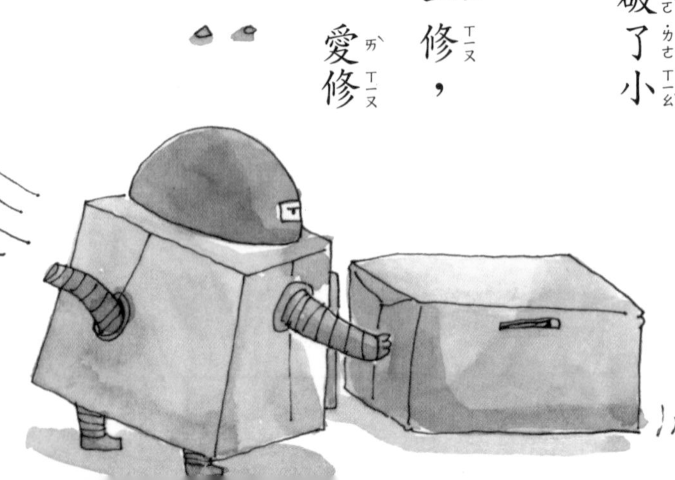

「比利，OK繃根本沒有戴眼鏡啦！跌破眼鏡的意思就是……嗯……」芭拉正在思考應該如何形容。

「就是意想不到、跟預期差很多的意思。本來完全不看好的事情，居然會維持到現在的意思，OK？」OK繃一邊向比利解釋，一邊撿起地上的石頭。

「你們看，這些石頭會讓來到店裡的人類跌倒，非常危險。」

「對對對。」比利說完，立刻拿出一塊布蓋住石頭。

「比利，你在做什麼？」芭拉問。

「喔！我上次查到，人類小孩在很久以前流行玩『剪刀石頭布』，而我終於弄懂遊戲規則了——布會吃掉石頭！」比利回答。

「哈哈哈哈哈……」芭拉笑個不停，「所以你認為只要用布蓋住，石頭就會不見嗎？」

「對啊！但石頭好像還是在，真奇怪。」

比利蹲下來，仔細看著地面，深怕錯過石頭突然消失的景象。

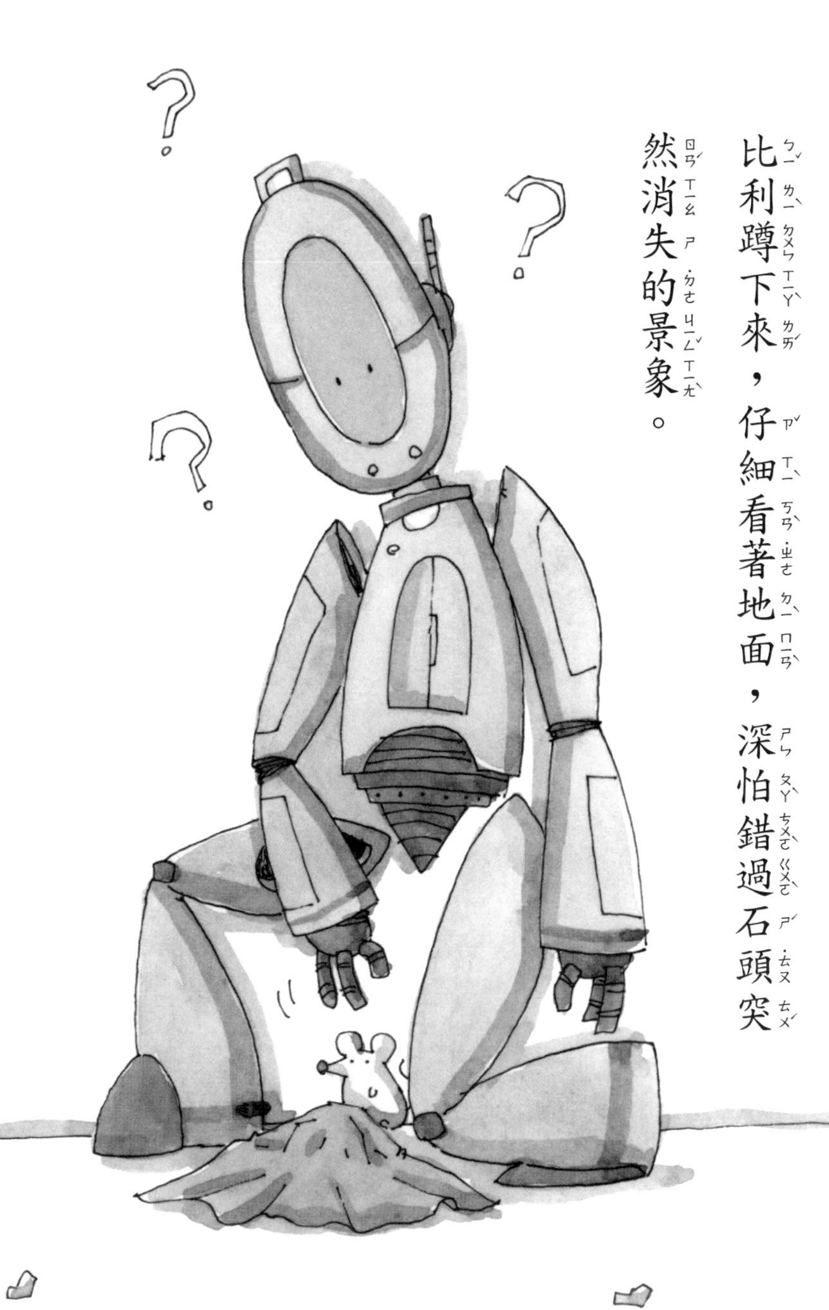

OK繃搖搖頭，打開頭蓋，將地上的石頭和垃圾丟進去，然後「叮叮」按兩下胸前的按鈕。接著，他的身體發出轟、轟、轟的聲音，並開始搖晃。

「啊啊啊啊……這樣晃來晃去的感覺舒服多多多多了了了。我剛剛剛剛說說說到哪裡了了了了？」

比利大叫：「你竟然有垃圾處理功能？太厲害了！」

比利從來沒看過洗衣機，因為現在的人類都是穿著衣服走過一道門，然後有道光「啪」的一聲，照一下衣服就乾淨了，連洗衣精都不需要。

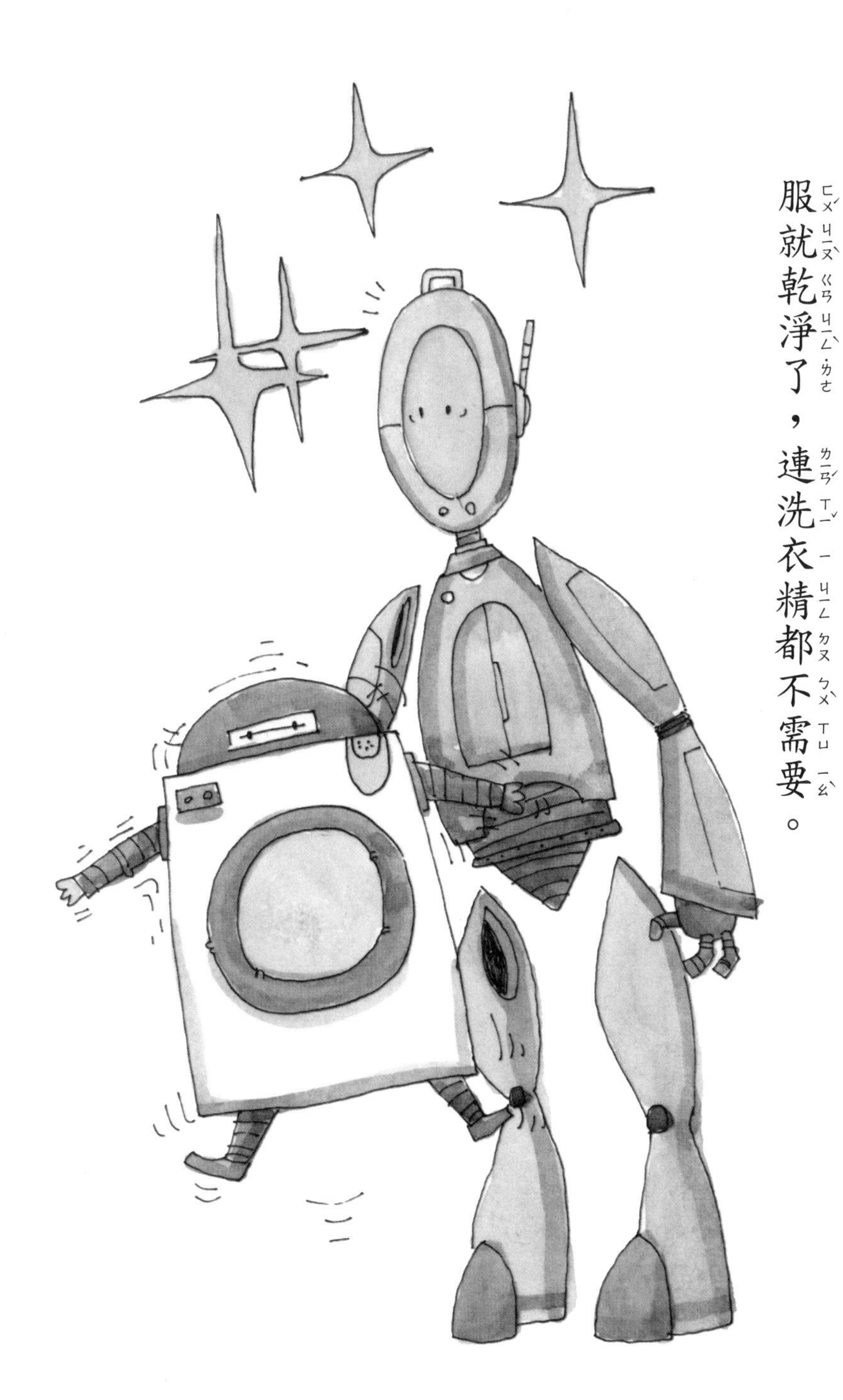

「OK，我想起來了。」OK繃按了頭上的按鈕，他的身體終於停止晃動。「我本來是要通知你們，回收舊機器人的卡車會在週一下午六點準時到達，但沒想到你們的店還經營得下去。所以，我來是因為最近有人投訴，你們這家店服務的對象，根本就不是人類。」

芭拉和比利好訝異，同聲大叫：「什麼？」

「我們可是幫瑞瑞和他們學校的老師和同學送了好多大冰塊到北極耶！」芭拉很驕傲，下巴抬得高高的。OK繃敲了敲自己的腦袋，「叩、叩、叩」的聲音很響亮。

「咦，奇怪，是我腦袋不OK了嗎？請問一下，北極熊是人類嗎？」

芭拉大笑，「當然不是啊！」

「那……你們是在幫助北極熊吧？牠們又不是人類。」

這下芭拉說不出話來了。

比利看著芭拉，芭拉看著比利，他們不知道該怎麼解釋。

「OK繃，」芭拉有點激動，「我覺得人類的關懷就像一棵小樹，只要有養分灌溉，就會越長越大，並且去關懷更多人。雖然我們目前幫助的對象是動物，但日子久了，人類就會開始去關心身邊的人類了！你一定要相信我們！」

OK繃摳摳身體左側的OK繃，「唉，這個理由實在太勉強了。」他把頭蓋打開，將洗完的垃圾放在地上。

「哇，垃圾變得好乾淨！」比利驚訝得全身上下都劈劈啪啪的發出火花，還有一陣一陣的藍光流遍全身。

「咳咳咳，」OK繃邊咳邊走到店門口，準備離開，「比利、芭拉，我也很希望你們這家店可以繼續下去，但是我再也不想接到人類對你們的投訴了，OK？根據規定，你們必須在三天內服務到人類，不然我就得讓機器人回收車載你們回工廠，OK？」

「OK，OK繃。哎呀，兩個OK聽起來怪怪的。我的意思是，O、OK，好的，OK繃……」芭拉緊張到講話都打結了。

OK繃一離開，芭拉就將「打烊休息」的燈打開。

她看著夕陽，垂頭喪氣的坐在地上。

「我們被投訴了，比利。而且是被人類投訴的……」

「真奇怪，誰會投訴我們呢？」

「唉，我還以為人類會喜歡我們的理念，也喜歡我

們能送東西到一般宅急便不願意送的地方，但好像不是這樣。難道……」芭拉皺起眉頭，「真的要讓卡車把我們載走回收，再被組裝成另一個機器人嗎？」

2 巨大的金色機器人

芭拉越想越害怕。

「對不起，比利，我只是個舊款機器人，或許真的不了解人類現在的需求，我們不應該離開大鼻孔老闆的宅急便的……」

「芭拉，別這麼說。我發現舊款機器人也有很多很酷的功能呢！」

芭拉看到比利從肩膀發出蒸汽，雙手變形成平平的壓板，將OK繃洗好的垃圾熨得好平好平。

「芭拉，你看，現在這張香蕉皮可以拿來當包裝紙了。」

「謝謝你，比利。」芭拉心裡暖暖的，很慶幸比利在身邊。她也覺得香蕉皮包裝紙很環保，她很喜歡。

砰砰砰！

一陣好大的敲門聲，打斷了她的笑容。

「不好意思，我們打烊了！」芭拉朝著門外喊。

砰砰砰！

「我們明天早上九點開門！如果有需要，我可以幫你設置時間提醒功能。」這次換比利回答。

砰砰砰！

「比利，」芭拉全身發抖，「這個敲門聲跟平常不太一樣，我有不好的預感。」

比利立刻按下眼睛的掃描功能，接著轉向門口。

芭拉也將馬桶疏通器對準門口，準備將壞人的臉吸成一個大籠包。

比利掃描完畢，露出一個很奇怪的表情。

比利說：「是機器人。但是我的資料庫裡，沒有這種型號的機器人。」

才說完，門就被大力的推開！

門外果然站著一個比門還要高的機器人，全身金光閃閃，還有黃色、紅色和綠色的電流從頭到腳流竄個不停。

他將自己的身體縮小到跟門一樣高，才低頭大步走進店裡。

比利繼續掃描這個機器人。

「啊，我知道了！你肯定是好久以前人類發明的交通設施，叫做紅綠燈。」

「什麼紅綠燈！哼，我的型號比你還要新，你這顆又小又舊的腦袋根本沒有我的資料。」

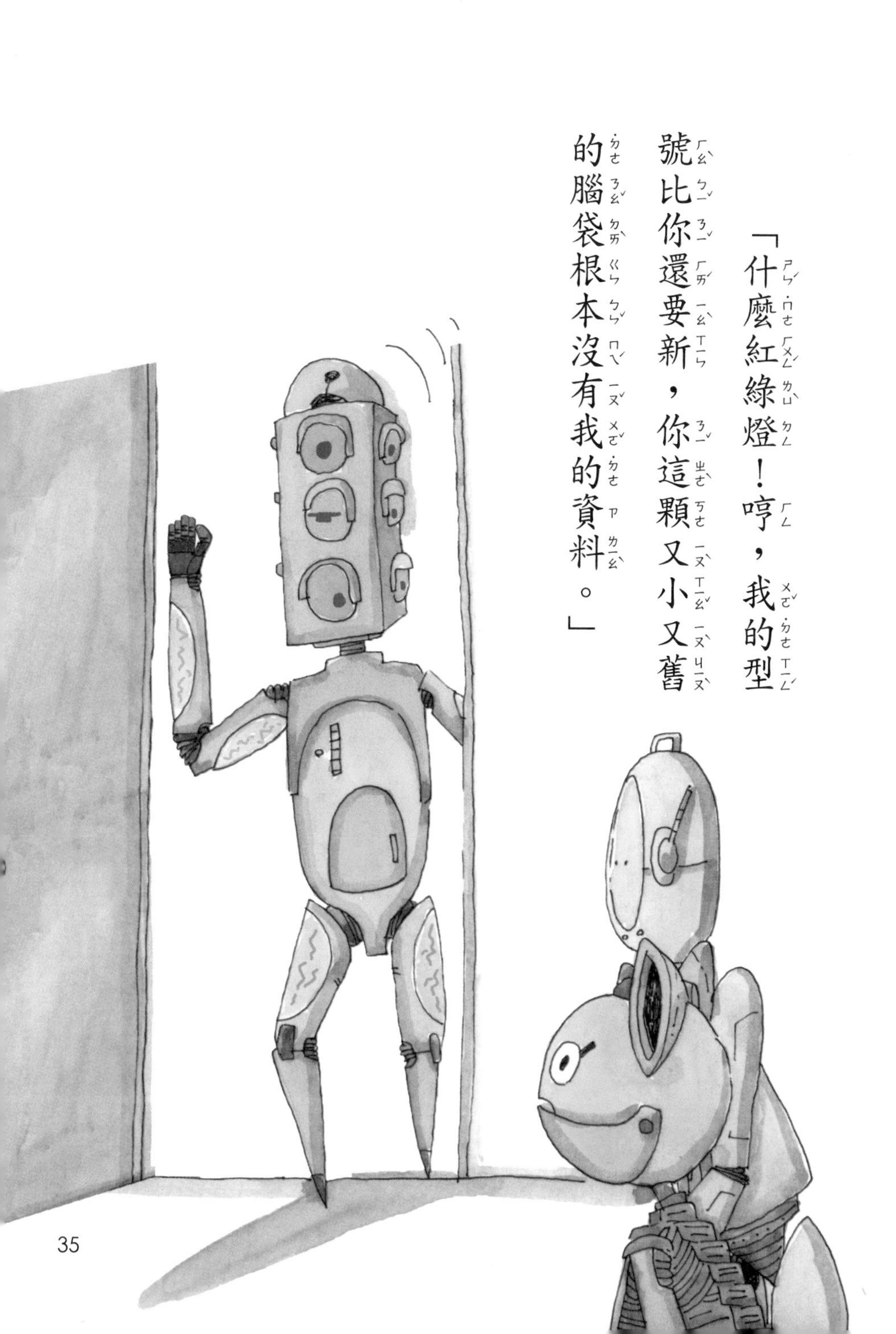

金色機器人頓時恢復成原本巨大的體型，頭腦轉了360度掃視整間店，同時發出彩虹光，每種顏色各自照射到不同角落。

「嗯，」金色機器人終於掃描完畢，「整家店只有八坪，材料是破銅爛鐵，而且牆上角落裂了一個小洞，

右邊水管已經開始漏水，連停在前院的噴射機的兩邊機翼都耗損得很嚴重，電腦裡面也只有七筆快遞紀錄。如果繼續這樣下去，不到一個月就可以關門大吉了。」

突然，傳來一個聲音：「一個月太長了！我看最多兩週！」

比利和芭拉互看一眼，覺得這個聲音好熟悉——是大鼻孔老闆！

「看看這個破爛的地方，嘖嘖嘖嘖嘖……」大鼻孔老闆坐在電動椅上，起勁的挖著鼻孔。

波！

金色機器人舉起一根手指，大鼻孔老闆彈開的鼻屎黏在他的手指上。

波！

他又舉起另一根手指，又一顆鼻屎黏在手指，但這顆有點大。

「波波波波波……」

這下十根手指都派上用場了，千萬不要再有另一顆鼻屎了！

波！

這次落到金色機器人的頭上。他趕緊讓頭頂發出高溫，鼻

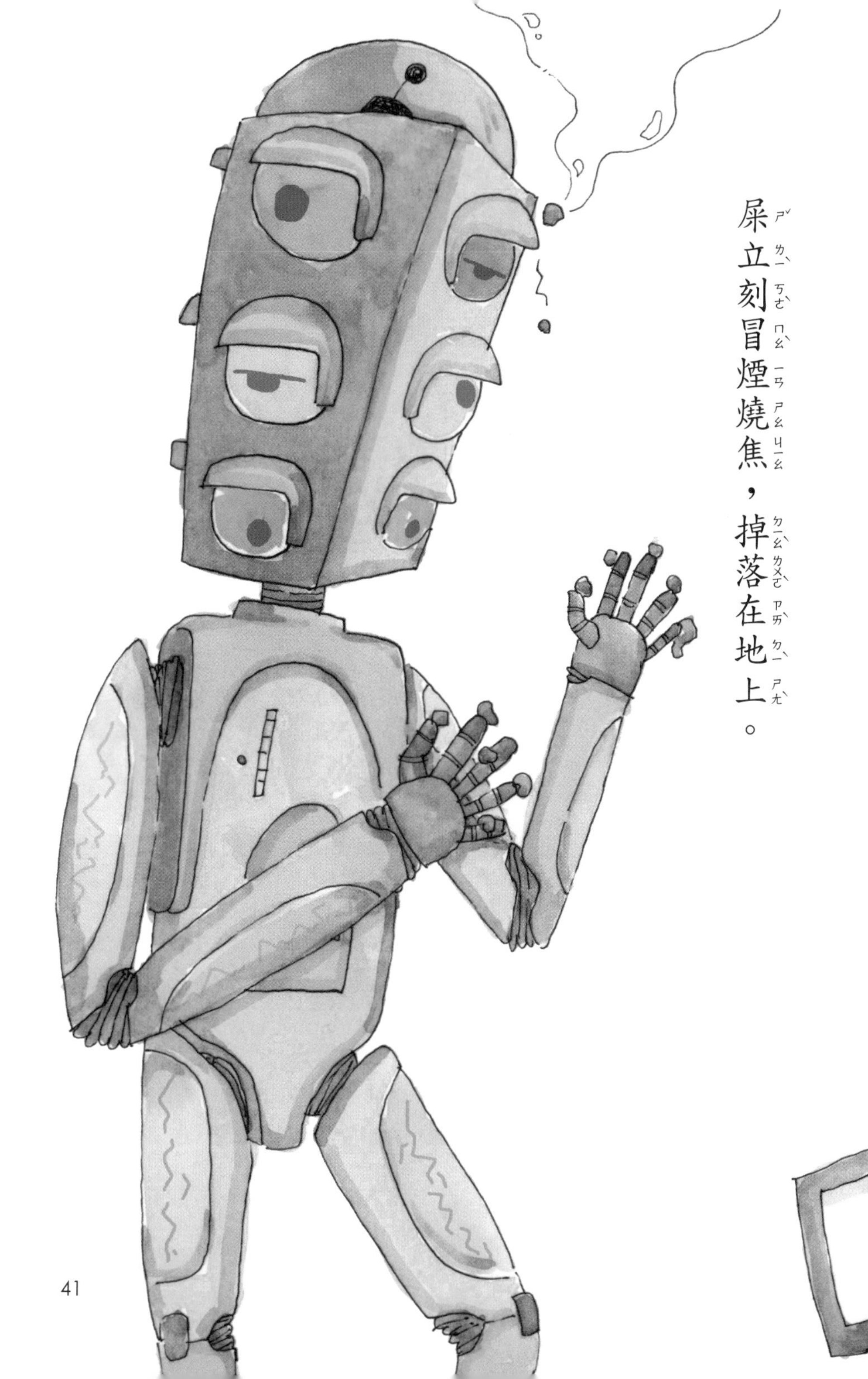

屎立刻冒煙燒焦，掉落在地上。

看到鼻屎消失，芭拉鬆了一口氣。

「老闆，請問你有什麼事嗎？」

「我只是來看看，到底是什麼簡陋的宅急便，竟然能登上空中新聞的頭版！不過，幸好有位聰明又有正義感的好公民檢舉，不然真是太沒有天理了。」

金色機器人插嘴，「尊敬的老闆，謝謝你的稱讚。雖然是你叫我去檢舉的，但聽到你這樣稱讚，還真有點不好意思，哈哈哈哈哈。」

金色機器人的笑聲聽起來像緊急煞車的大卡車，有點刺耳。

「我是在說我自己，阿碰。你又不是公民，你只是機器人，我雇用的勞工！」

原來金色機器人叫做阿碰。

大鼻孔老闆接著說：「反正，你們等著關門大吉吧，免得搶走我們小鎮所有炸雞店的生意。」

「我們不是炸雞店，是宅急便。炸雞店賣的是炸雞，我們不賣炸雞，但如果你需要炸雞店，我可以幫你查一下。」

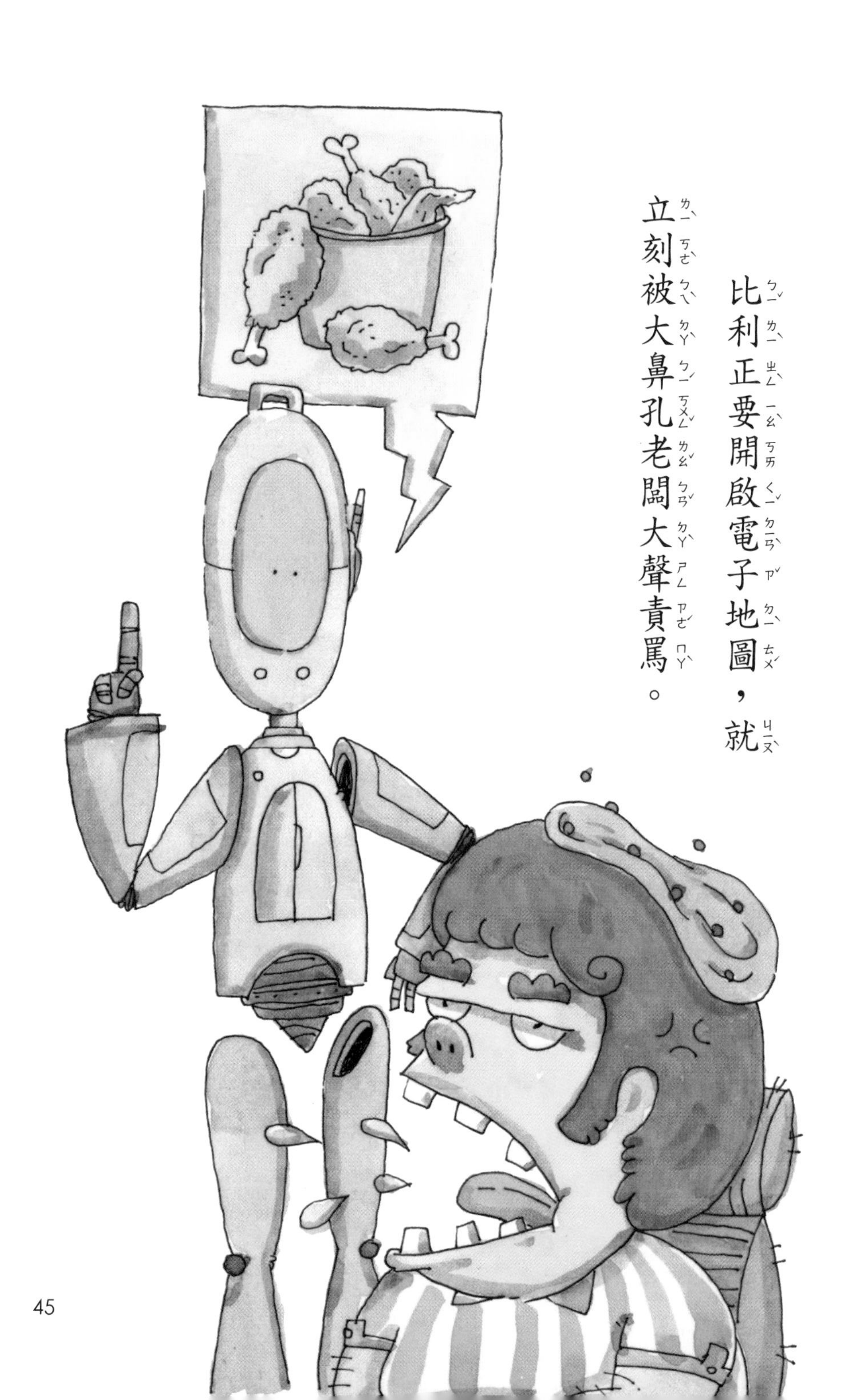

比利正要開啟電子地圖，就立刻被大鼻孔老闆大聲責罵。

「你現在是在找我麻煩嗎？我不需要炸雞店！」

「原來是你打的電話……」芭拉很驚訝。

「不是我，是他。」他指著阿碰。

「尊敬的老闆，是你要我打的電話耶！」阿碰回答。

這時，又有一個身影走進宅急便。

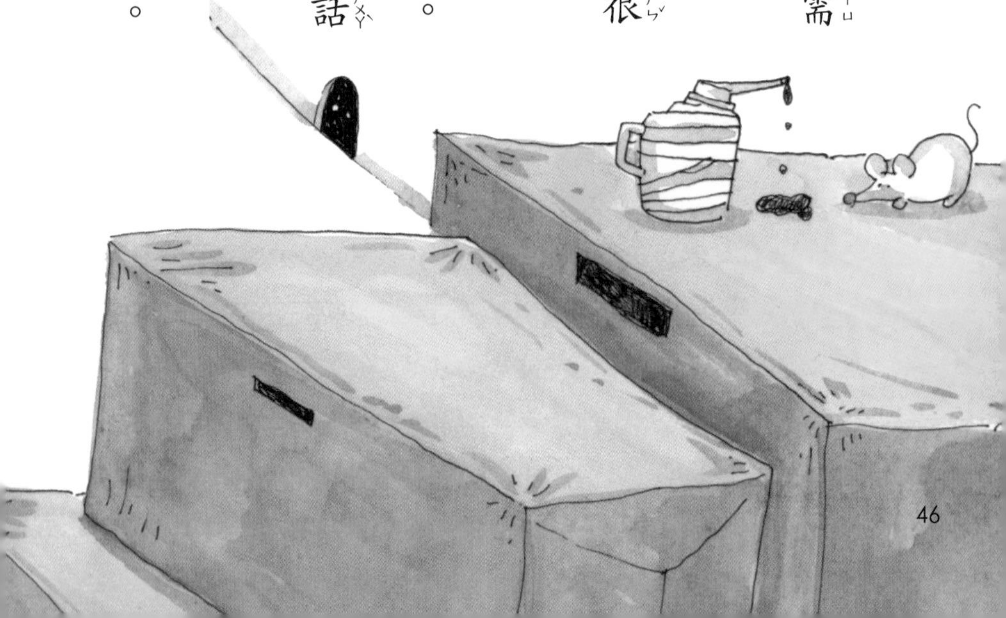

3 我要寄勇氣

「請問你們還開著嗎？我看到門上打烊休息的燈亮著，但門沒有關，所以就進來了。」

是一位漂亮、氣質高雅的小姐。

「歡迎到旁邊的快快快速宅急便！」大鼻孔老闆插嘴，「就在隔壁一條街上，而且保證用最快的速度、最厲害的機器人為您送貨！」

「我叫做欣欣，我看到報導，說這家宅急便可以寄任何東西……咦？你的手好特別。」她拿下帽子，仔細看著芭拉接上馬桶疏通器的手。

芭拉笑著說：「對啊，我上次還讓巴士上的老爺爺在我的手上掛他的傘呢，超方便的！欣欣小姐，只要你有東西要寄，有心意要傳達，我們全都會送到！」

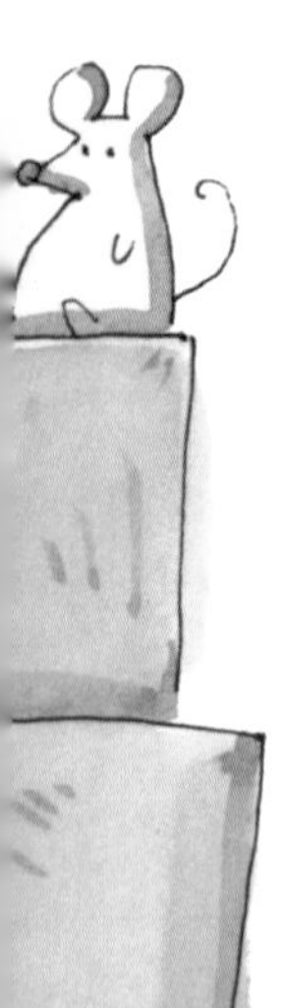

「但你手上沒有任何包裹，是放在車子的後車廂嗎？」比利問。他早就掃描到街上那輛看起來很名貴的黑色轎車，裡面還坐著一位機器人司機。

她搖搖頭，「不是的。」

「那你要寄什麼呢？」芭拉問。

「我要寄勇氣。」

「勇氣？」比利和芭拉異口同聲的問。

欣欣小姐點點頭，「我奶奶已經九十五歲了，現在一個人住在隔壁鎮上。我希望替她報名三天後在布拉拉山頂上舉辦的復古大賽，裡面所有的比賽都是人類已經不再親手做的項目。其中有一項燙衣服比賽，我很想讓奶奶參加，可是她不肯。所以……我希望她能有勇氣出門，讓她展現最拿手的本事。」

「燙衣服比賽？像是這樣嗎？」比利拿起剛剛燙平的香蕉皮。

「嗯，」欣欣小姐笑著說：「這是你們機器人燙平的，的確平整又有效率，一點皺褶都沒有。但你知道嗎？我從小就看奶奶用雙手為家人燙衣服，雖然無法像機器人一樣又快又好，卻充滿她對家人的關愛。我也希望她可以多出門走走、參加活動，這樣就可以交到好朋友，不會老是一個人在家燙衣

服了。只是，她小時候曾經生過一場大病，很容易累，所以不太敢出門。」

「這就是為什麼你希望有人送勇氣給她？」芭拉抓抓胸口，又開始癢了。

欣欣小姐點點頭，雙眼滿是期待。

「啊，我知道了！」比利飛奔到前院，一陣敲敲打打後，按下好多身上的按鈕，接著用剛做好的鐵罐在空中亂揮一通，然後回到宅急便遞給欣欣小姐。

芭拉哭笑不得，將鐵罐從欣欣小姐面前拿走。「比利，這是空氣，不是勇氣啦！」

欣欣也笑了，「比利，你真是個有趣的機器人。」

「啊，有趣！有趣聽起來跟勇氣很像！」

比利的眼睛發出亮光，連帶整間宅急便都跟著亮了起來。「或許她需要有趣的事，就會變成勇氣！」

欣欣小姐點點頭，「嗯，或許呢！」

阿碰突然插嘴，「欣欣小姐，我們快快快速宅急便就接下這個單子了，不用客氣！我是最新一代的機器人，比這兩個舊款機器人更厲害，包在我身上沒問題！我絕對會讓奶奶參加比賽！」

大鼻孔老闆立刻跳到阿碰前方。

「不是他身上，是我身上！我是他老闆，所以我負責收錢，他負責出力。比利、芭拉，你們準備關門大吉吧，哈哈哈哈哈！來，阿碰，趕緊回店裡開始工作了！快快快，我們還有好多客人要收錢——不對，要服務。」

說完後，大鼻孔老闆跳上電動椅，阿碰也跟在後面一起「砰」的一聲大力關上門，離開宅急便。

等他們走遠，芭拉便問欣欣小姐：「請問我們方不方便去看奶奶呢？」

這時，欣欣小姐顯得有點不好意思，「很抱歉，忘了跟你們說，我奶奶她……不喜歡機器人到家裡。」

芭拉聽了有點難過。

欣欣小姐連忙解釋：「那是因為她很想念小時候照顧她的機器人。後來，奶奶的病好轉之後，那個機器人卻因為太常故障，被載走回收了。所以每一次在家裡看

到機器人，她都會想起那個機器人，就會很難過。」

「原來如此。」芭拉心裡很羨慕這個機器人，能被像奶奶這樣的人類一直思念著，是一件很幸福的事！

欣欣小姐接著說：「不過，我的電子卡上有奶奶家裡的影像，讓我們能隨時知道她的狀況。如果你們需要的話，也可以看一下。」

比利用額頭上的掃描器照了一下電子卡，空中立刻出現奶奶家攝影機拍攝的影像。

影像裡是一位年邁的婦人，她的臉上布滿深深淺淺的皺紋，眼神卻專注在燙衣板上，右手也十分熟練的拿著老舊的熨斗，在板子上滑來滑去。

「我掃描到她的視力只剩正常視力的百分之二十三，估計再過幾年就完全看不到了。」比利說。

離開前，欣欣小姐對芭拉和比利說：「距離比賽只剩三天，那就拜託你們了。」

他們看著欣欣小姐的轎車開遠，芭拉才開口：「比利，我覺得好像在哪裡看過奶奶呢……」

「喔，對啊！她的確跟欣欣小姐長得很像。對了，芭拉，我大概知道她需要什麼勇氣了！」

4 愛心護理師粉紅姐姐

第二天，比利在前院敲敲打打了好久，還把窗戶的玻璃拆下來。

「比利，這樣如果有風吹進來怎麼辦？」芭拉問。

「反正我們是機器人，不會感冒。」說完，比利繼續用轉換成雷射槍的手工作。

「完成了！」比利將玻璃做的「勇氣」拿給芭拉看。

「哇，有了它，奶奶或許就會願意出門比賽了！」

比利點點頭。

芭拉繼續說：「比利，我們明天搭飛天快遞噴射機送過去吧！雖然奶奶不喜歡機器人到家裡，但我們可以在門口看看她拿到這份勇氣的笑容啊！」

於是隔天一早，他們帶著比利精心打造出來的「勇氣」，飛往奶奶住的地方。

一路上，芭拉邊喝機油，邊看著窗外想事情。

「這次我幫你特製一種有花生味道的機油，是我的最新發明。」比利說。

「原來人類經常吃的花生是這個味道，好特別喔！」

「我下次再發明一些別的口味，像是醬油、麻油、臭豆腐……」

「謝謝你，比利！跟你一起工作真好。」她嘆口氣，「真希望我們可以永遠這樣。」

比利猜，芭拉正在擔心被載回工廠、重新組裝成別的機器人。

「芭拉，你也是被重新組裝過的機器人嗎？那你還記得組裝前的事嗎？」

「呵呵，不知道！被重新組裝的話，記憶體也會被更換，所以不會有之前的記憶。」

芭拉看著比利，笑得很溫暖。

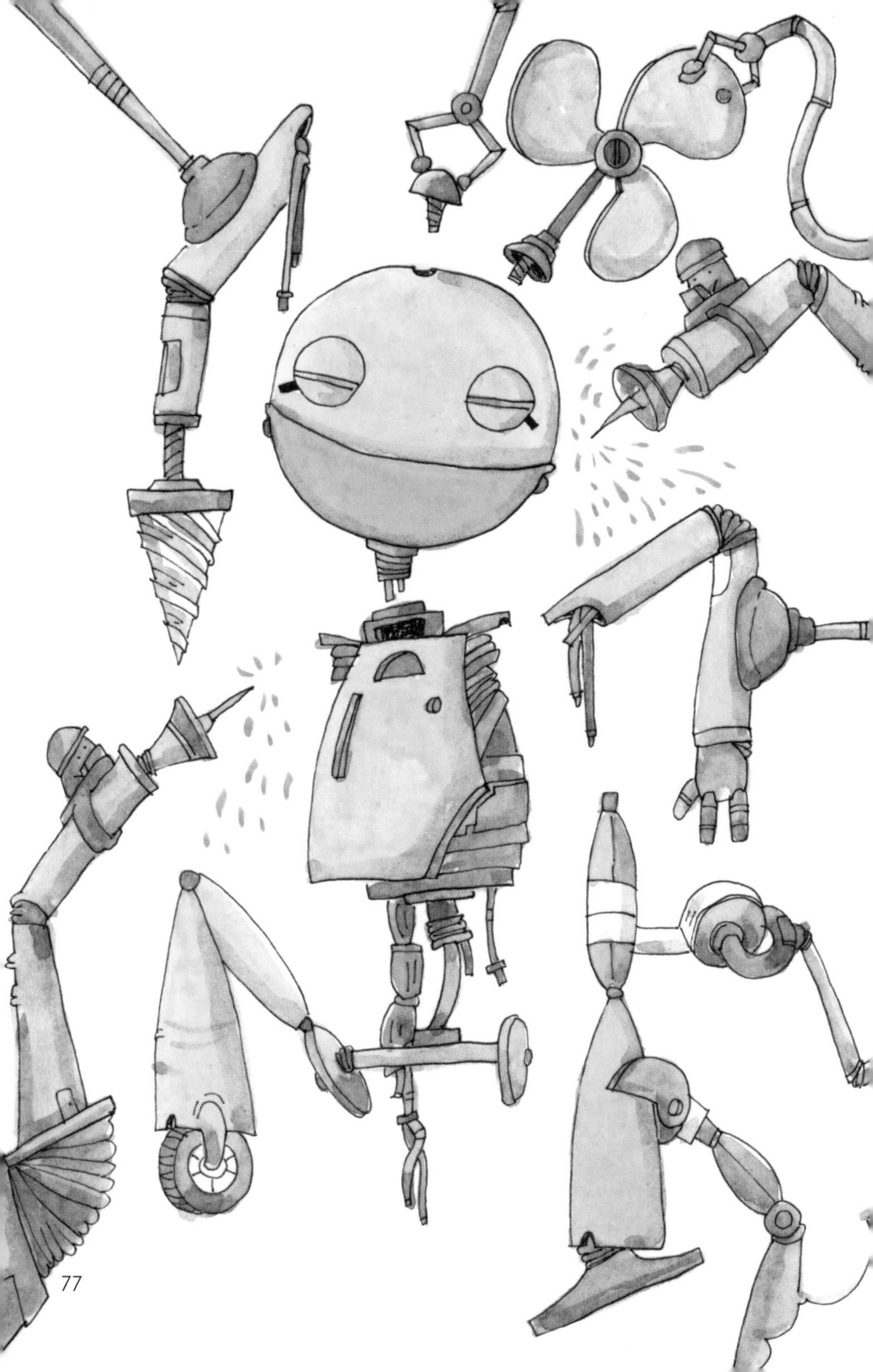

太陽才升起，噴射機就在比利的高超技術下，經過雲層和藍天，穿過彩虹，順利到達奶奶家門口。

「好可愛的房子！你看，外面還有人類好久以前會用的信箱。」

芭拉很興奮，比利聽了倒是感到很好奇。

「你不是說不會記得以前的事嗎？為什麼還記得人類以前使用的東西呢？」

芭拉還沒來得及回答，屋子內就傳出奶奶的聲音。

「如果有包裹，請放在門口就好！」

比利看芭拉沒回答，就將東西放在門口，也把比賽報名表放在包裹上。

「你們可以離開了，謝謝！」又是奶奶的聲音。

比利想拉走芭拉，但芭拉的腳好像被超級口香糖黏在地上一樣，怎麼拉都拉不走。

「比利，」芭拉看向屋子，「我覺得她的聲音好熟悉。我想，我真的認識她。」

比利用力把芭拉拉到窗戶旁，偷偷看著奶奶打開比賽報名表，也打開比利一手打造的「勇氣」包裹——一副全世界最厲害的眼鏡。

「別看這眼鏡一副不起眼的樣子，」比利驕傲的跟芭拉說：「我用了最新的玻璃材質和最堅固的鏡框，還有X光功能，能讓奶奶看得清清楚楚，連皮膚下的骨頭都看得到！」

他們看著奶奶戴上眼鏡，滿意的望向遠方。不過沒幾分鐘，奶奶就放下眼鏡，將報名表丟進腳邊的垃圾桶。

「糟糕，她丟掉比賽報名表了！」芭拉大叫。

「是誰在外面？」聽到芭拉的聲音，奶奶慢慢的走向窗戶。

「對、對不起，我們不是故意偷看。」芭拉不好意思的道歉：「因為您的孫女很希望您參加燙衣服比賽，所以我們希望這副眼鏡能夠帶給您勇氣。」

奶奶用顫抖的手打開窗戶，「你是……？」

「我們是機器人。我叫做芭拉，他是比利。」

「你是愛心護理師粉紅姐姐！我認得聲音，是你！」奶奶興奮得不得了。她走到門口，握住芭拉的手不肯放。

「我雖然眼睛不好，但耳朵很靈光。不會錯的！你就是在我小時候住院時，負責照顧小孩的愛心護理師機器人。你以前叫做粉紅姐姐機器人，我還曾經趁你在維修的時候，偷偷在你的胸口底下畫了一顆紅心。」

5 機器人禁止進入

芭拉驚訝得不得了。

「原來你以前是醫院的護理師機器人啊。」比利點點頭，「難怪你總是忍不住想要關心人類，現在我終於懂了！」

「原來我胸口的愛心是這麼來的！」芭拉感受到奶奶的手好溫暖。

「粉紅姐姐，喔，是芭拉，當年要不是你每天晚上都唱歌說故事給我聽，還跳舞給我看，讓我知道世界上還有好多快樂的事等著我，我可能沒有勇氣開刀動手術。」

比利突然有了一個重要的發現，「勇氣！芭拉，勇氣不是我發明的眼鏡，而是……你，芭拉！」

芭拉擦擦眼淚，想起他們的任務。

「奶奶，我們帶你去參加燙衣服比賽好不好？」

「呵呵呵，欣欣有跟我提過，但我不想參加什麼比賽，我只想在家幫孩子和孫子們燙衣服。」

說到一半，奶奶瞄到芭拉充滿期待的眼神。

「不過，」她將芭拉的馬桶疏通器手握得緊緊的，「如果一路上有你陪著我，那我就去吧！」

「太好了！」芭拉開心的跳來跳去，讓奶奶笑個不停。

在前往布拉拉山頂的途中，奶奶向芭拉講了好多以前她們的事。雖然芭拉什麼都不記得了，但看到奶奶如此感激她，她的眼淚又不聽話的流個不停。

「準備好了嗎？」比利問。

「好了。」芭拉回答。

噴射機的天花板「咻咻咻」

的降下好幾根管子，朝芭拉的臉頻噴氣。

「這是什麼啊？」奶奶驚訝的問。

「喔，因為我太常感動的流淚，所以比利特別幫我設計了吹乾眼淚的裝置。」

奶奶忍不住哈哈大笑。

在笑聲中，噴射機也安全抵達了布拉拉山頂。

「好有趣喔，是復古大賽！除了燙衣服比賽，還有洗衣服、晒衣服、洗車、洗碗、開車比賽……」

「原來還有沒被改造的洗衣機呢。」突然，一個聲音從芭拉和比利背後傳出。

「OK繃？」芭拉大叫：「你怎麼來了？」

「喔，我接到祕密通報，說今天應該會需

要接你們回機器人工廠。」

芭拉和比利互看一眼：會是誰通報的呢？

OK繃像是猜到他們的想法，說：「喔，那個人說，他絕對不會透露自己是快快快速宅急便的老闆。」接著又敲敲自己的頭，「哎呀，坐空中巴士讓我全身都不對勁，不知道有沒有什麼東西可以丟進我的頭裡，讓我晃一下比較舒服……」

「奶奶，我們趕快進去吧！」芭拉握住奶奶的手，準備踏入大賽會場。

「喂！你們兩位，不准進去！」保安機器人跑過來，「復古大賽裡的所有比賽項目都得由人類自己操作完成，因此禁止機器人進入，避免有人作弊。」

「那就算了，」奶奶轉頭對芭拉說：「如果沒有你，我也不想參加了。我們回去吧！」

「可是，我們好不容易到這裡來了……」芭拉看著門口，又看著奶奶。她知道，欣欣小姐很希望奶奶可以藉著比賽來認識更多有相同興趣的好朋友。但是，要怎麼樣才能讓奶奶願意自己進去比賽呢？

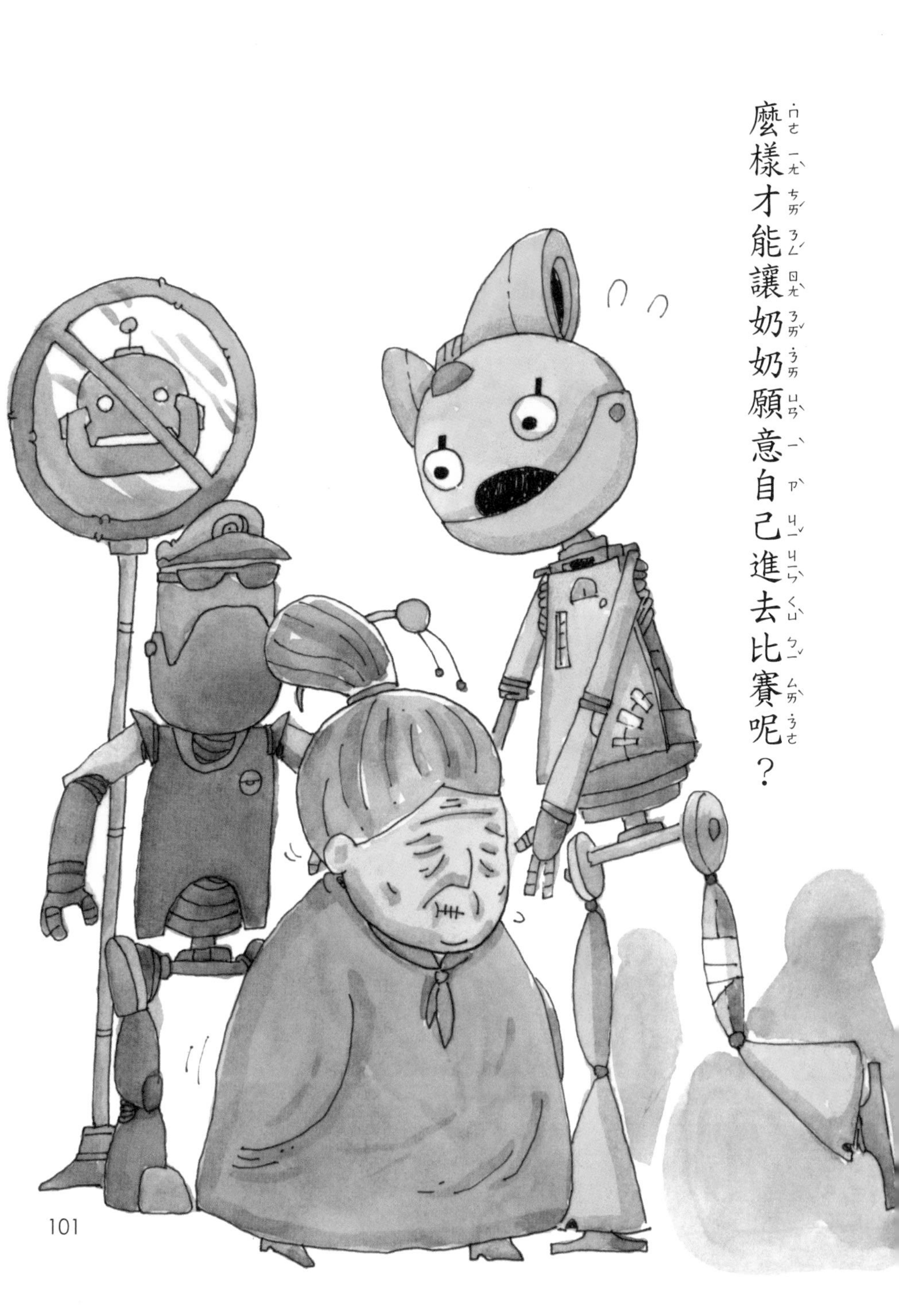

6 真正的勇氣

「哈哈哈哈，失敗了吧？」

這時，突然有一個很微小的聲音從比利身上發出來，但比利轉來轉去，都找不到聲音的來源。

「我在熨斗裡面！」

芭拉和比利還來不及反應，奶奶的熨斗裡就跳出一隻……蟲子？

不對，不是蟲子，是——「阿碰？」

芭拉和比利大叫。

「阿碰？沒想到你們這麼有愛心，還為一隻小蟲子取名字。」OK繃點點頭。

「不是啦！」芭拉說：「他是大鼻孔老闆新雇用的機器人，想要搶走我們宅急便的生意！」

芭拉一邊說，阿碰也一邊由原本一顆飯粒的大小，漸漸變成巨大的機器人。

「哈哈哈，沒想到吧！我本來是要直接到奶奶家，現場做出奶奶需要的東西給她，當作一場免費表演，沒想到你們就出現了。來來來，算你們運氣好，可以看我大展身手，現場製造

出奶奶最需要的東西！」

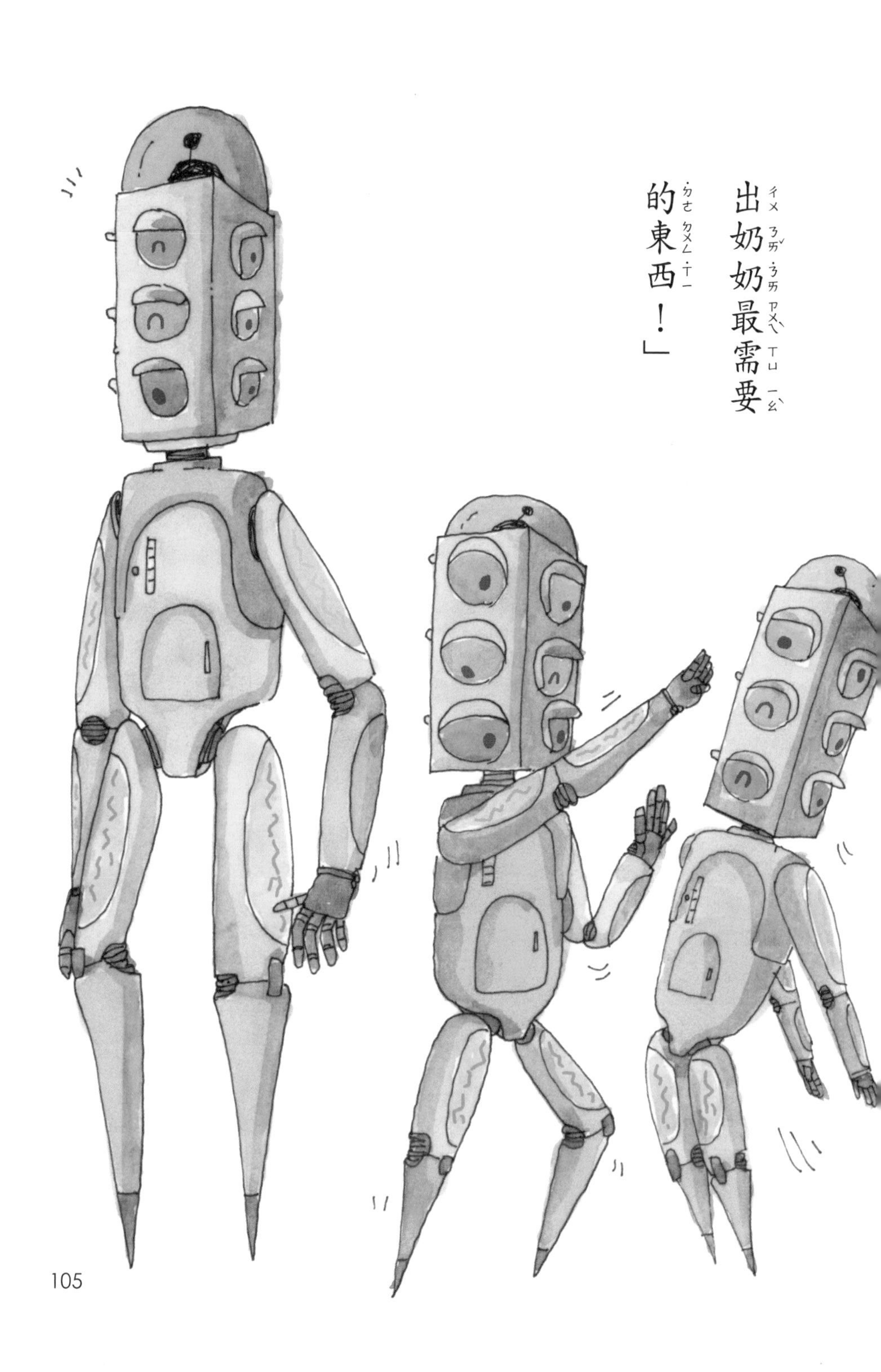

說完後，阿碰把頭蓋拿起來放在地上，又從肚子裡拿出好多瓶瓶罐罐倒進頭蓋內，雙手也變換成攪拌器，開始攪拌。

對芭拉來說，她只希望奶奶願意進到比賽會場，用自己最有信心的專長一顯身手，並交到好朋友。就算這份「勇氣」不是來自什麼都可以寄宅急便也沒關係。

芭拉握住奶奶的手，另一隻馬桶疏通器手則吸著比利的身體，認真的看阿碰把「勇氣」做出來。

「好啦，就這麼簡單！奶奶，趕快拿著這個進去比賽吧！」

比利往頭蓋內看，用眼睛掃描裡面的東西。

「阿碰，根據我的資料庫，你做的是藍色的『油漆』。」

「對啊，油漆啊！奶奶不就是需要油漆？」阿碰回答。

過了一會兒，芭拉才終於了解

阿碰的意思。她不停的大笑，連奶奶都跟著笑了出來。

「阿碰……哈哈哈哈……」

芭拉好不容易忍住了笑，「你誤會了，是勇氣，不是油漆！」

「什麼？可是老闆說是油漆。」

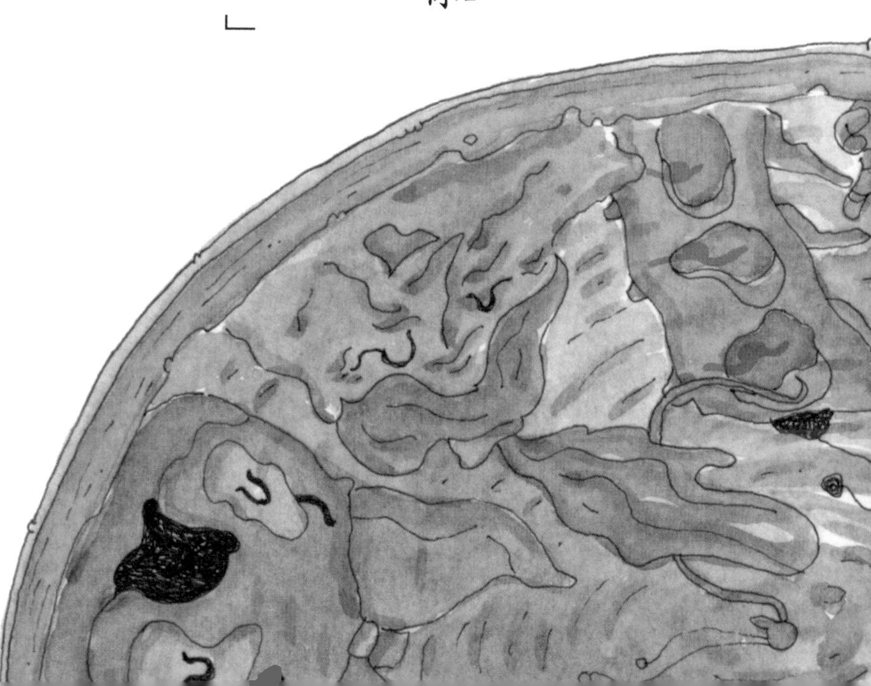

「哎，這位阿碰機器人，謝謝你的油漆。雖然我不需要，但還是謝謝你。芭拉、比利，我燙衣服只是為了讓孩子和孫子們可以穿上我親手燙的衣服，讓他們感受到來自親人的呵護。雖然……」奶奶突然難過起來，「雖然他們都很忙，住的也離我很遠，要好久才會來拿燙好的衣服。」

原來奶奶家裡堆著的那些燙好的衣服，是在等家人們來拿走。

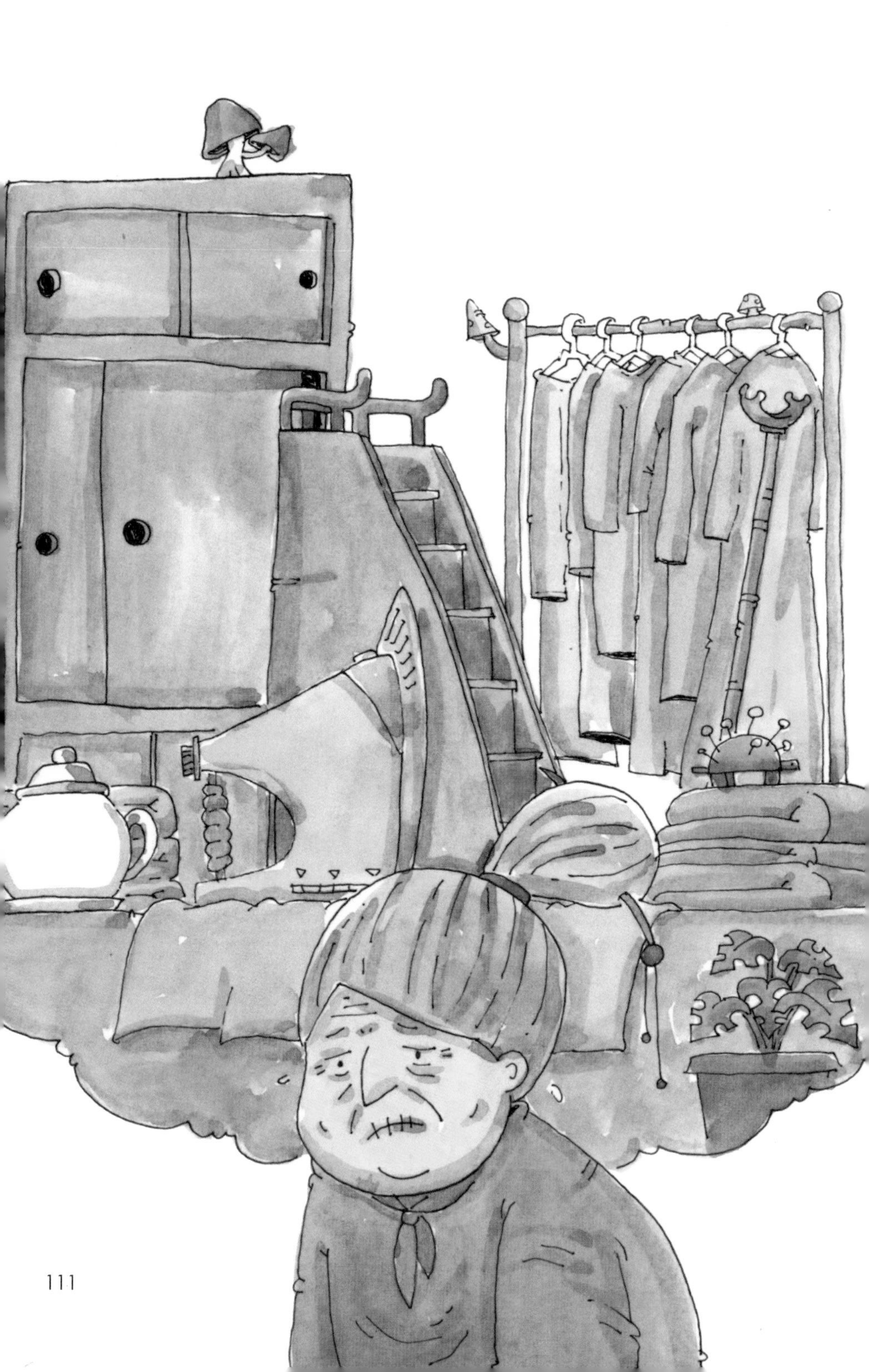

芭拉看著奶奶的眼睛，感覺到她的失望，也感受到她的希望。

「奶奶一定很希望可以經常看到她的家人，讓他們每天都穿上她親手燙的衣服……也許這就是奶奶最需要的『勇氣』。」芭拉拍拍比利的肩膀。

OK繃也假裝拍拍自己的頭，咳咳嗽，故意舉手對阿碰發問：「阿碰，你可不可以再變回剛剛那個小小的、很可愛的樣子？我從來沒看過像你這麼厲害的機器人，讓我再欣賞一下，OK？」

「喔哈哈哈，很可愛是嗎？好，應觀眾要求，我再表演一次！」

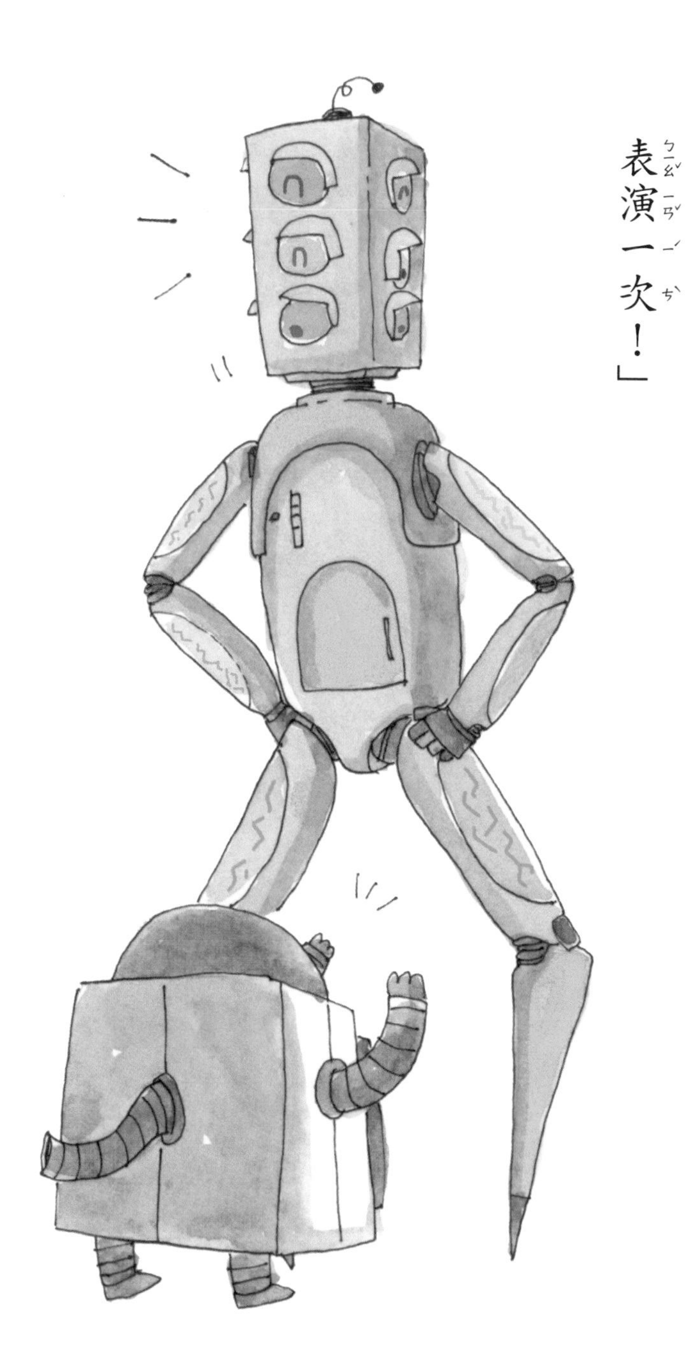

「咻——」的一聲，阿碰變得像螞蟻一樣小。OK繃將他從地上拎起來，丟進頭蓋裡，叮叮叮的按下按鈕。

「啊……好舒服啊啊啊啊啊啊……你們趕快去去去拿拿拿勇氣吧吧……」

比利點點頭，「芭拉，你和奶奶在這裡等我，我絕對會把『勇氣』運過來！」他坐上噴射機，用最快的速度趕回奶奶家。

「OK繃，謝謝你！不過我很好奇，你為什麼要幫我們呢？」

OK繃閉著眼睛，享受著搖晃的感覺。「我也是機器人人人，當然希望讓人類看到更多多多多溫暖、有愛心的機器人出來經營自己的商店店店店，而不是被載回去重新組裝裝裝……」

芭拉忍不住抱住OK繃，跟著他一起搖晃。

「謝謝謝謝……你你你你你……OK繃繃繃繃……」

OK繃搖晃了好久，他們也等了好久。OK繃開始累了。「我已經洗阿碰洗了好多次，他都快被我洗爛了，怎麼比利還沒……喔，來了，是比利的噴射機！」

芭拉和奶奶抬頭一看，比利的噴射機正緩緩降落。

「對不起，」比利從噴射機跳下來，「花了一點時間說服這些勇氣過來。各位，請出來吧！」

比利將噴射機的大門打開，「勇氣」們也一個個下來。

「你們……怎麼都過來了？」

「阿祖，」小曾孫說：「這個機器人突然跑來我們家，說我們就是你的勇氣，一定要我們來幫你加油！而且他們就是登上頭條、幫忙寄冰塊給北極熊的那間宅急便耶！」

「對啊，超酷的。我跟爸爸媽媽說，我也想跟他們一樣，寄重要的東西給重要的人。沒想到我們就是重要的東西呢。」

「是啊，奶奶，對不起。」欣欣小姐說：「真沒想到我們就是你的勇氣！走吧，我們一起進去陪你比賽，讓大家看看世界上燙衣服燙得最好的奶奶！燙好後，我們就立刻穿上拍照，好嗎？」

奶奶笑得好燦爛，不停的點頭。

比利不知道從哪裡拿出吹風機，吹去芭拉臉上的眼淚。

OK繃也按下手錶上的通話鈕，對著手錶說：「這裡是OK繃，不用派機器人回收車過來了。」

「謝謝你，OK繃。」芭拉又抱住OK繃。

「好啦，我要走了。雖然搭空中巴士有點累，不過剛好一路上可以讓身體晃動一下。」

OK繃叮叮的按下胸前的按鈕。

看著OK繃緩緩的離開，芭拉開心的跳著舞大喊：

「這裡是什麼都可以寄宅急便，只要你有東西想要寄，有心意要傳達，我們全都使命必達！」

閱讀123系列 —— 098

機器人宅急便 2 能寄勇氣嗎？

文｜郭瀞婷
圖｜摸摸傑夫 Momo Jeff

責任編輯｜謝宗穎
特約編輯｜許嘉諾
美術設計｜林子晴
行銷企劃｜張家綺

天下雜誌群創辦人｜殷允芃
董事長兼執行長｜何琦瑜
媒體暨產品事業群
總經理｜游玉雪
副總經理｜林彥傑
總編輯｜林欣靜
資深主編 ｜蔡忠琦
版權主任｜何晨瑋、黃微真

出版者｜親子天下股份有限公司
地址｜台北市 104 建國北路一段 96 號 4 樓
電話｜（02）2509-2800　傳真｜（02）2509-2462
網址｜ www.parenting.com.tw
讀者服務專線｜（02）2662-0332　週一～週五：09:00~17:30
傳真｜（02）2662-6048　客服信箱｜ parenting@cw.com.tw
法律顧問｜台英國際商務法律事務所・羅明通律師
製版印刷｜中原造像股份有限公司
總經銷｜大和圖書有限公司　電話：(02）8990-2588

出版日期｜ 2023 年 6 月第一版第一次印行
定價｜ 300 元
書號｜ BKKCD160P
ISBN ｜ 978-626-305-495-0（平裝）

國家圖書館出版品預行編目資料

機器人宅急便. 2, 可以寄勇氣嗎？/ 郭瀞婷文；
摸摸傑夫圖. -- 第一版. --
臺北市：親子天下股份有限公司, 2023.06
127面；14.8×21公分 (閱讀123系列; 98)
ISBN 978-626-305-495-0(平裝)
863.596　112007206

閱讀123